HANS SÖLLNER

BILDERBUCH

OUR OWN VOICE
TRIKONT

Impressum

Herausgeber: Lukas Beck
Photos: Lukas Beck
Graphische Gestaltung: Andreas Gerth
Graphische Gestaltung Umschlag: Gottfried Moritz
Redaktion & Lektorat: Eva Mair
EBV: Andreas Birkeneder, Munira Abdulrahman, www.goldgmbh.de
Druck: Kösel GmbH & Co. KG, www.koeselbuch.de

1. Auflage, November 2006

ISBN 978-3-89898-357-7
Trikont US-0358
www.trikont.de

Das feine Singen der Axt

Von Jonathan Fischer

Ein Idol des bayerischen Untergrunds – der anarchische Liedermacher Hans Söllner.

„Warn die Deitschen ned in Deitschland, dann warn die Afrikaner weiß / Dann warn wir Bayern wieder Schwarze, ja Afrikaner dad mer sei / Dann war Zimbabwe hinter Minga und die Isar war der Nil / ja dann hätt i jetzt sakrisch Hunger und koa Mensch dad mir was gebn…“
(aus „Ostblock“)

Ein Interview? Hans Söllner setzt andere Prioritäten: *„Die Zeit, die ich an der Isar oder auf meiner Hausbank verbringe, die kann mir doch überhaupt keiner bezahlen.“* Einfach alles an dem drahtigen kleinen Mann schreit nach Unordnung: Stoppelbart, verzottelte Rastazöpfe und Gammler-Look. Dennoch wirkt der sogenannte „Wuiderer“ äußerst aufgeräumt. Wie einer, der nichts zu verlieren hat. Liedermacher sei er geworden, so Hans Söllner, weil er beschlossen habe, *„ned z'vui z'arbeitn im Leben.“*

Das sei die beste Entscheidung seines Lebens gewesen. Seitdem ertrotzt sich Hans Söllner mit dem Zorn eines jungen Bob Dylan und dem Aberwitz eines Karl Valentin einen eigenen schrägen Rhythmus. Auf seinem Video Wer bloss lacht is ned frei bringt er es mit banalen Worten auf den Punkt: *„A jeder mechat gern sei Ruah haben.“* Nichts als ein Aufguß vulgär-bayerischen Gedankenguts? Der *„wuide Hund von Reichenhall“* bezieht seine Seelenruhe nicht aus Weltabkehr und Suff. Vielmehr geht es ihm um die anarchische Lust am selbstbestimmten Leben. Auch gegen alle Obrigkeit.

Mit Haut und Haaren verkörpert Söllner ein spezifisch bayerisches Lebensgefühl, artikuliert er eine Gegenkultur, wie sie überall in Jugendzentren, Dörfern und städtischen Quartieren wuchert. Ob Landhippies oder Lokalpatrioten, Schüler oder Handwerker, Punker oder Rocker, Zündapp- oder Harleyfahrer: Alle finden sie bei ihm ihre Geschichten wieder. Für den deutschsprachigen Süden ist Hans Söllner damit so etwas wie Willie Nelson für den amerikanischen: ein langhaariger Kiffer mit Sinn für die Metaphysik der Underdogs. Kein Wunder also, dass ein verschworener Untergrund ihm lauscht wie einem Evangelisten. Von jeder Platte setzt Hans hier an die 100.000 Stück um – nur sogenannte Volksmusiker verkaufen mehr. Sein, in seinem Wohnzimmer aufgenommenes Album Grea, Göib, Roud erklomm aus dem Stand die mittleren Ränge der deutschen Charts. Und das ohne jeden Medien-Rummel, nur durch Mundpropaganda.

Peinlicher Landbruder

Radiosender setzen seine Songs entweder auf den Polit- oder Kraftausdrucks-Index, Feuilletons interessieren sich bestenfalls für seine Beleidigungsprozesse und die Musikblätter der städtischen Intelligenz meiden ihn wie einen peinlichen Landbruder. Dennoch sind Söllners Auftritte meist Wochen im voraus ausverkauft. Eine bisweilen urkomische Sponti-Show geht da nahtlos in handfeste Politikerschmähungen über. Und auch den penetranten Mitklatscher in der ersten Reihe fährt er gnadenlos an: „*Bist du der Einheizer vom Moik?*“ Auch wenn Söllner das „*Menschenrecht der Gemeinheit*“ hemmungslos auslebt: Er ist kein Populist.

Vor allem verweigert er sich all dem, was im Volksmund unter der euphemistischen Bezeichnung „geregelte Beschäftigung“ läuft: Nach festgelegten Uhrzeiten und ferngesteuerten Rhythmen arbeiten, den Feierabend in der Bierschwemme oder im Fitneß-Studio verbringen und am Wochenende das Innenleben per Bungee-Springen regulieren? In „Die Zeit“ höhnt er: „*Und so vergeht dei ganze Woch, so vergeht dei ganze Zeit, und da hab i a bissl mehra davon wia du, dafür host du a mehra Göid.*“ Das ist der rote Faden im Leben des Liedermachers. Wenn es darauf ankommt, wechselt er lieber den Job, als sich zu rasieren.

Als geächteter „Glasscherbenhäusler“ in Weißbach bei Berchtesgaden aufgewachsen, sprechen Söllners Voraussetzungen eigentlich für eine durchschnittliche Dörfler-Existenz: Der Bauarbeitersohn schuhplattelt im örtlichen Trachtenverein, geht sonntags mit den Eltern zur Kirche. Nach der Volksschule absolviert er eine Lehre als Koch, später lernt er auch noch Automechaniker. Beides mit Erfolg. Auffällig wird er eigentlich erst, als er während seiner Berufsschulzeit in der Liederbühne Robinson für 40 Mark pro Abend selbstverfasste Lieder vorträgt. Selten einmal hören mehr als ein Dutzend Hartgesottene seinem unflätigen Drei-Akkord-Geschrubbe zu. Kurzzeitig schließt sich Söllner der Hausbesetzerszene in München an. Hier, im Umfeld eines jugendlich radikalen Aktionismus, entfalten seine anarchistischen Lieder und Texte die ihnen eigene Aktualität.

Doch die Weißbacher Heimat lässt den „verlorenen Sohn“ nicht los: Mehr noch als das, was Söllner sagt, zählt die Art, wie er es sagt. Sein Sprachrhythmus, seine Lebensauffasung schöpfen tief aus der Gesprächs- und Streitkultur heimischer Wirtshäuser und Bierzelte. Seine als Literatur oft banal wirkenden Texte greifen hier in beinahe körperlich spürbarer Weise. Zersetzen die Bewusstlosigkeit des Alltags, untergraben automatisiertes Obrigkeitsdenken, entlarven Politikergeschwätz. Aus der Mitte traditionellen bajuwarischen Partisanengeistes reitet er seine Wortattacken. Söllners Sprache ist einseitig, polemisch und ordinär. Aber sind seine Songs deswegen grobschlächtige Binsenweisheiten? Wer so fragt, hört nicht „*das feine Singen der Axt*“.

Auf seinem Album Grea, Göib, Roud zeigt sich der Liedermacher differenzierter als je zuvor. Wollte er die letzten Jahre noch seine Liebe zu Bob Marley mit einem bayerischen „Bayerman-Vibration“-Verschnitt Ausdruck verleihen, setzt er diesmal allein auf die akustische Gitarre. Statt Marihuana-Bäumen und depperten Polizisten dominieren komplexe, gar zärtliche Gefühle.

Nicht immer braucht der Sänger harte Worte. Manchmal schwingt auch so etwas wie valentineske Komik mit, wenn er in einem „Ostblock“ betitelten Wortspiel neben dem Zeitgefüge auch gleich die Raumordnung aushebelt. Oben oder unten – das ist da nur eine Frage der Sichtweise. Söllner rät den „einfachen Leuten“, selbstbewusst abzuwarten und droht ihren Wissensverwaltern: „*Irgendwann gibt's nur noch Blede auf der Welt / und dann bist du eine Minderheit / und keiner fragt dich mehr um Rat / weil ein Bleder einfach das tut, was er gern mag…*“

Wobei die „Bleden" im bayrischen nicht unbedingt mit den Ungebildeten gleichzusetzen sind. Söllner spielt vielmehr auf diejenigen an, die jedes Vertrauen in die Mächtigen verloren haben. In aller Schlichtheit begreifen seine Verse, was ein Philosoph wie Jean Baudrillard nur anders sagt: „Sie befinden sich in einem Zustand grundsätzlichen Unglaubens. Dieser Unglaube ist nicht passiv. Er stellt einen Widerstand dar: *„Das da, das wollen wir nicht, das geht uns nichts an, es ist nicht unser Thema."* Wenn Baudrillard weiter davon spricht, dass der Begriff Indifferenz, so kraftlos er auch scheinen mag, in einen *„glühenden Zustand übergehen"* kann, dann ist Söllner der Schmied dieser Leidenschaft: *„Ich vermittle ihnen, dass du auch als Depp was sein kannst."* Seine Texte beziehen ihre Kraft aus einer untergründigen Zärtlichkeit – die warme Kehrseite der Watschn für die *„prallen Säcke"* Stoiber, Streibl oder Scharping.

Söllners Schulterschluss mit den gesellschaftlichen Verlierern schließt das Anrempeln der Realitätsflüchtigen stets mit ein: Die Selbstmitleidigen beschwört er, die Finger von Drogen zu lassen, und allzu einfach gestrickte „Hau-Draufs" stellt er regelmäßig bloß. Natürlich würden manche seinen Hass falsch interpretieren und glauben, sie könnten ihre *„Scheiße im Hirn"* gegen Ausländer oder Schwule ausleben. Doch Söllner arbeitet damit, dass sie sich schämen, wenn er sie erwischt. Was er kann, ist polarisieren: und die Wut von den volkstümlichen Sündenböcken auf die verantwortlichen Politiker umlenken.

Vor einigen tausend Bierzeltbesuchern in Reichenhall – darunter Republikaner, Rocker, Randalierer – eröffnet er mit *„He, wos is: He Türke, sitz die her zu mir, mir scheißn auf das braune Pack / und wenn mei Freind a Griech is, dann kriach i mit eam umanand / bevor i mit dia aufrecht geh fürs deutsche Vaterland..."* Im selben Atemzug behauptet Söllner, stolz darauf zu sein, ein Bayer zu sein, was heißt, nicht stolz darauf zu sein, Deutscher zu sein. Das Positive am Bayerischen ist bei ihm nur als menschliche Leistung zu haben und nicht als bequeme Herkunftsidentität. Er bindet seine Fans in einen lokalpatriotischen Kontext ein, zieht sie fast unbemerkt auf seine Seite: *„Mia und die andern, die ham si scho oiwei guad verdrogn..."*

Nicht von ungefähr behauptet Hans Söllners Verleger Achim Bergmann, der Liedermacher habe in Bayern *„mehr gegen den Faschismus getan als alle SPD- und Gewerkschafts-Ortsverbände zusammen."*

Stets bewirken die von Politikern gegen ihn angestrengten Klagen einen Solidarisierungsprozess von unten. Und das quer durch alle Lager. Auf seine Weise zeigt Söllner dass nicht aller Staatsverdruss zwangsläufig bei den Republikanern enden muss, sich die ungerichtete Wut der Sprachlosen auch unter antiautoritären Vorzeichen bündeln lässt. *„Und wenn neben dir ein Nazi sitzt / dann sprich ihn einfach an / und überzeug ihn, dass er falsch liegt / sonst bist du so wie die da droben..."*

Auf dem Land und in den randstädtischen Quartieren der Städte leben die verschiedenen Szenen wie Rechte und Linke, Punks und Yuppies eben noch nicht hermetisch voneinander getrennt. Die räumliche Enge schafft Kommunikation. Der daraus resultierende Pragmatismus eines Hans Söllner muss Dogmatikern aller Couleur verdächtig bleiben. Besonders, wenn sich sein Weltbild – politisch kaum korrekt – aus einem grundsätzlichen Misstrauen gegen Autoritäten speist. Doch ohne Ambivalenzen ist der Liedermacher nicht zu haben: Da polemisiert Hans Söllner einerseits gegen einen Autobahnneubau im Isental. Andererseits findet er nichts dabei, den Kauf seines 100.000-Mark-Mercedes-Cabrio als „Barfüßiger Kiffer im Autosalon"-Nummer herauszuposaunen.

„Leben ist wie Hanfrauchen – die Dosis darf weder zu groß noch zu klein sein", so Hans Söllners Freak-Weisheit. *„Vor allem aber musst du es genießen können."* Söllner zieht letztlich sein Selbstverständnis aus der praktischen Vernunft der Underdogs und deren Lebensgefühl. Vielleicht macht das seinen

„Draht" zu scheinbar ganz unterschiedlichen Bevölkerungsgruppen aus. Da wird er selbst mitten in München *„He Söllner"* gegrüßt, umringen ihn Gruppen von Jugendlichen. Meistens wollen sie gar keine Autogramme. Ein verschworenes Kopfnicken, das Gefühl dazuzugehören zählt mehr. Was Hans Söllner ihnen vorlebt – nicht Mitmachen, Arbeitstempo, Auftreten und Sprache selbst zu bestimmen – ist ihr Traum. Schüler, Lehrlinge, Arbeiter, die sich Söllners Songs wie Joints reinziehen, ihn als „amtierenden Weltmeister im Hammerwerfen" bewundern: *„Mei Großvater war arbeitslos, mei Vater war arbeitslos und mir hams oiwei gsagt: Bua, wennsd an Hammer siagst, dann schmeißtn möglichst weit weg"*

Hans Söllner ist beileibe nicht der erste bayerische „Popstar", der der Arbeitsverweigerung das Wort redet. Bereits 1903 motzte der Münchner Volkssänger J.D. Westermair: *„I woas ned, i hob hoid mit da Arbeit koa Freid | denn grad mit da Arbeit versamt ma de Zeit…"* Dem Volkssänger Söllner geht es um Grundsätzliches: Indem er seine Zuhörer mit seiner Person als extremem Subjekt konfrontiert, gibt er ihnen potentiell auch etwas von der eigenen Würde und Subjektivität zurück. Auf diesem therapeutischen Effekt beruht ein Großteil von Söllners Popularität.

Gerade hat er sein Haus in Berchtesgaden, die „Grattlerhütte" seines Vaters, zum verglasten Allwetterhaus umgebaut, sein Garten ist ein sorgfältig gepflegtes Botanikum exotischer Sträucher, mit seinen Söhnen spielt er nach der Schule Fußball. In der Rolle als Familienernährer und Hauseigentümer unterscheidet sich Söllner kaum von seinem bodenständigen Publikum. Einer, der sich mit seinen Nachbarn versteht und die ungeschriebene Agenda der Weißbacher Dorfgemeinschaft respektiert.

Rein äußerlich ist das Schild an seinem Bus der einzige Hinweis auf einen gewissen ironischen Abstand zum Brauchtum seiner Umgebung. Wo sich andere Namensplaketten an die Frontscheibe kleben, prangt bei Söllner „Volldepp". Nur wer weiß wo er hingehört, könne dort auch etwas verändern.

Zeit als Luxus

Söllners provokanter Luxus besteht darin, seine Zeit für sich selbst und andere ohne messbaren Wert zu „verschleudern". Er wertet sie um, macht sie zu seinem Verbündeten. Diejenigen, die ihm mit dem „Arsch obenauf sitzen" bedroht er mit ihrem Verfallsdatum: *„Heid sans no groß und mächtig | morgen sans scho dod."*

Wer die Zeit auf seiner Seite hat, muss sich nicht mehr fürchten, das versucht er seinen Fans zu vermitteln. Über dem Vorhaben, einen neuen Strauch in sein Glashaus zu pflanzen, lässt er einen geschlagenen Tag verrinnen: *„Morgens muss ich mich erstmal seelisch mit dem Gedanken anfreunden, ein Loch zu graben"*, sagt er. *„Da trink ich a Tass Kaffee. Wenn ich's ausghobn hob, trink ich no a Tass. Den Strauch stell ich erst amoi nebens Loch, damit er sich dran gwöhnen kann… so hauruck machen des bloß die Städter, und bei dene wachst ja a nix. Dann gibt's wieder an Kaffee. Ob dem Strauch des Loch passt oder ned, kannst sehn. Wenn er die Blätschn recht hänga lässt, dann paßt's eam ned, und i muaß a neues grobn…"* Selbst die Tourneen des Liedermachers sind langsam. Bei schönem Wetter hat Hans Söllner keine Lust, im Tourbus zu fahren. Also legt er seine Termine so, dass er mit dem Mountainbike von Auftritt zu Auftritt radeln kann.

Kaum ein größeres bayerisches Dorf, in dem nicht eine bunt zusammengewürfelte Gemeinde von Mitverschwörern auf ihn wartete. Menschen, die man sonst nie zusammen auf einem Konzert sieht. Söllner ist ihnen allen ein Versprechen. Einer, der so lange ins Land schreit, bis dass *„a Ruah haben"*, kein bequemer Bierkrügerl-Spruch bleibt. Und die anarchische Lebensart am „Hier und Jetzt" jede Autorität relativiert. *„Was kann i mehr vom Leben verlanga, als dass i di als ersten siag | wenn i aufwach und dein Lachn hör, und dann ziagst mi aus meim Bett | magst ned aloans zum Biesln geh, was kannt i mehr vom Leben verlanga ois des…"*

(erschienen in der Süddeutschen Zeitung)

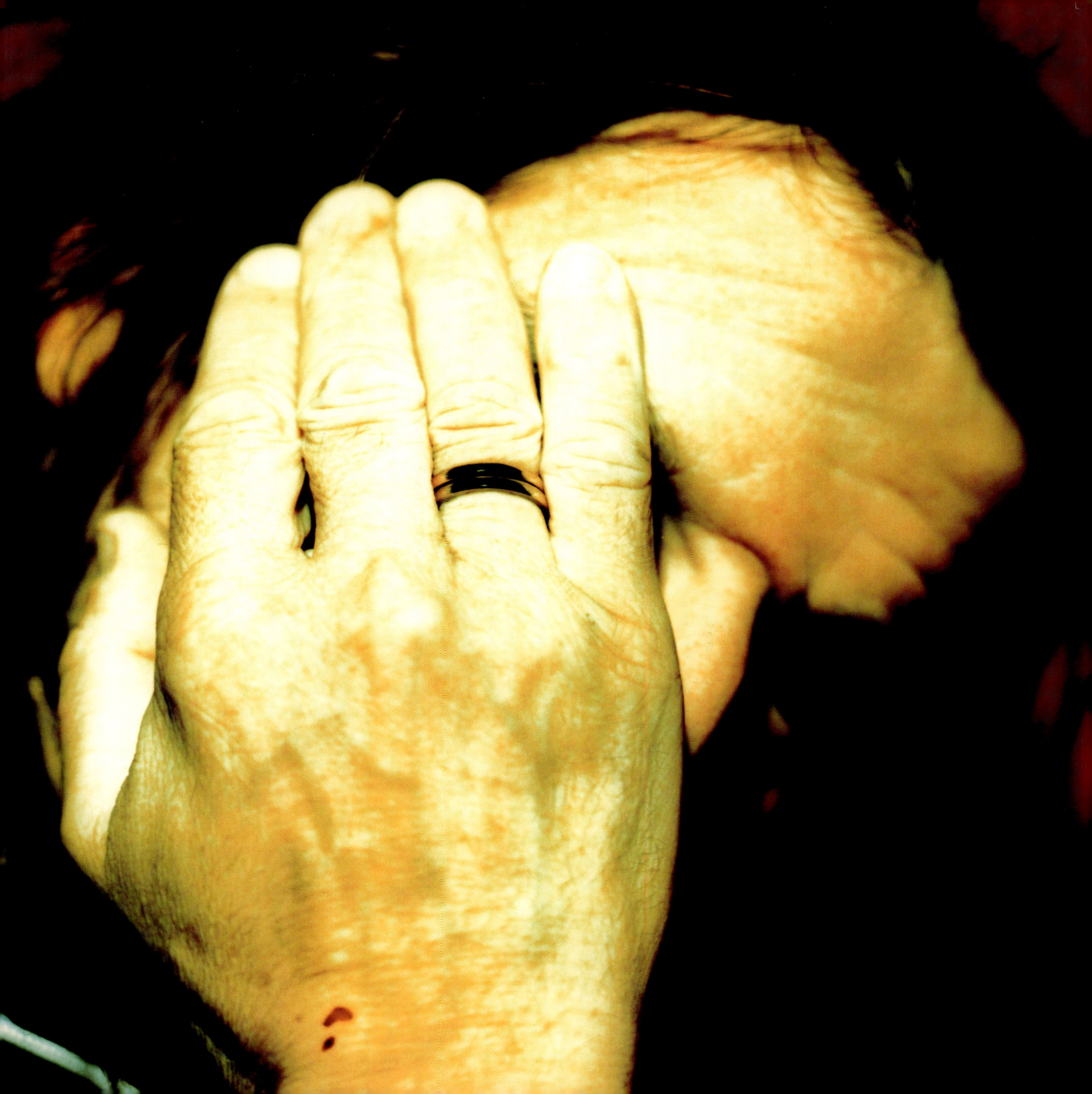

I hob di wiedagseng im Winta
Ganz langsam ganga bist und steif warn deine Finga
Und i woit di gern in Arm nemma
Bloß füa ganz a kurze Zeit

Aba du host di von mia weg draht
Volla Vabitterung und Hass
Host di söibst eigsperrt in deim Gfängnis
Ohne Schlüssl und mit Blindheit
Host die Zeit vabrocht

O Gott so schnöi host ois vagessn und i denk
Nimma an di weil's wieda Frühling wird
Und mit eam kemman neie Leit
De i gern kenna lerna mecht weil's nu den Mut ham
Und ned träge san und feig

Und i woaß ned ob i wos spüa
Wenn i ned umme lang zu dir
I woaß bloß dass koane Tränen füa mi gibt
Und dass Koane recht lang denkt an mi

aus: **Frühling**

De Gerechtigkeit is a schöne Nuttn
De mim Justizminista bumst
Sie is bloß füa de Reichn do
Da Arme hot zwoa gsunde Händ
Sei Freiheit geht bei dia bettln
Aba fickn lasst sa se ned
Da Gscheidaste is bloss so gscheit
Wia na da Dümmste nu vasteht

Aba immer wieda host a bissl Hoffnung
Dass irgendwann irgendwer vasteht
Dass Babylon vabrenna muaß
Weil's freiwillig ned geht
De Mächtign hängan am Galgn
Meine sehr geehrten Herrn
Mia leisten dem keine Folge
Mia schaun eich zua beim Sterm.

Ihre Küsse und ihre Tränen
San a Brunnen in dera Zeit
De Luft is hoaß und drucka
Aber zum Tringa hot koana mea Zeit
Gestan war a nu a Präsident
Heit steht er scho an da Wand
Gestern warst nu a Bäcka
Heit host a Gwehr in deina Hand

Deine Worte san wia Gebete
Dei Lacha is mei Sinn
Dei Geruch steigt ma in d Nosn
Und i bin wieda wos i bin
Mit da Gitarr steht a vorm Kaufhof
Er singt a Liad üban Scheff
Großer Gott wir loben dich
Koana woaß mea wia des geht.

aus: **Hoffnung**

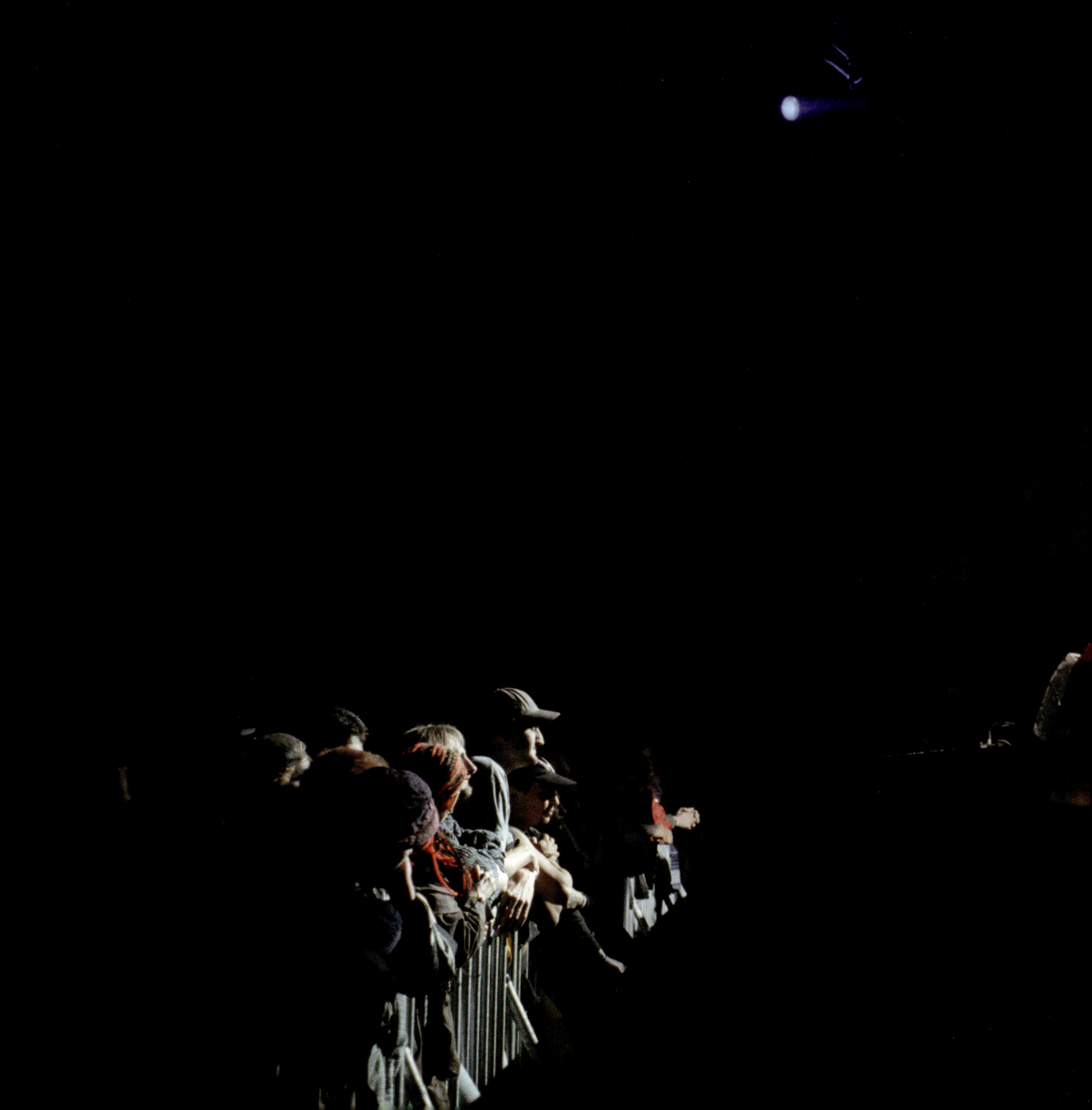

Und auf da ganzn Wöit is Kriag
iaz dua endlich wos dagegn
Für des hams die schliesslich gwöit
An Hauffa Göid hama da gem
Auf da ganzn Wöit wern d Leit obgschlacht
Olle hamma gspent
Ihr seits oiwei fetta worn vahungert sans do drent

Auf da ganzn Wöit sterm 40000 Kinda jeden Dog
Aba du gehst bloß in d Kirch
damit da Papst wos zum fressn hot
Auf da ganzn Wöit verfault grod
Wos de Wöit ned dafressn kannt
Aba ihr habts eichane Fliaga
grod fürn Irakkriag braucht
Auf da ganzn Wöit wird gfoitert
misshandelt und missbraucht
und demokratisch gwöide Nazis regiern Amerika
Auf da ganzn Wöit
Auf da ganzn Wöit is a Kriag.

aus: Überoi is Kriag

KÄRNTEN
Kunst und Wirtschaft

rd Rock
CAFE

Die Süddeutsche Zeitung bat einen bayrischen Dylan-Bewunderer, den Reichenhaller Liedermacher und Rastafari Hans Söllner um eine angemessene, exklusive Würdigung zum Auftritt des Rock-Poeten Bob Dylan in der alten Saline von Bad Reichenhall.

Respekt Herr Dylan

Wenn ich heute mich hier her setze, dann fällt es mir wirklich schwer etwas zu schreiben über einen Menschen, der mich mal mehr und mal weniger, aber immerhin die letzten 30 Jahre ununterbrochen mit sich konfrontiert hat. Genauso könnte ich versuchen, hier über mein Sexualleben zu berichten, denn damit war ich auch mal und mal weniger, aber immerhin die letzten 30 Jahre ununterbrochen konfrontiert. Irgendwie bin ich irgendwann Anfang der Siebziger-Jahre auf Bob Dylan gestoßen und das erste Lied, das ich von ihm hörte, hatte noch nicht mal einen Text.

„Wigwam", mein Bruder, hatte sich diese Single gekauft, und ich hörte dieses Lied und damit wäre schon alles über Dylan gesagt. Wenn ich den Namen Dylan höre und lese, dann höre oder lese ich „Wigwam".

Ich bin kein Dylan-Kenner und weiß nichts über ihn. Ich habe das über ihn gelesen, was alle über ihn gelesen haben, die sich für ihn interessieren, aber ich bin ein „Wigwam"-Hörer, und so weiß ich, dass er einfach nur sein Ding macht, auf dieser Welt. Ich habe großen Respekt vor Menschen, die sich auslachen lassen und doch nicht das Bedürfnis haben, besser zu werden. Einfach So sein. Braucht ja keiner kommen.

Hast Du Pech gehabt heute, vielleicht ist das nächste Konzert besser. Es gehört wirklich Mut dazu, sich vor 3, 5, 100.000 Menschen einfach versagen zu trauen. Ich habe Platten von Herrn Dylan, auf denen 40 Minuten nur gepfiffen wird: „Wigwam".

1978 bin ich mit einem Fiat 850 von Reichenhall nach Nürnberg gefahren, um mir ein Konzert von Bob Dylan auf dem Zeppelinfeld anzuschauen. Am 18. Juli 2001 werde ich zum zweiten Mal in meinem Leben auf ein Konzert von Bob Dylan gehen, und ich habe wirklich fast Angst davor, denn das Konzert auf dem Zeppelinfeld war das Beste, was ich überhaupt bis heute an Konzerten von Irgendjemandem gesehen habe. Es war für mich – und ich spreche nur für mich und auch nur für diesen Abend – der Beginn einer Zeit des Ausgelachtwerdens und doch nicht Besserwerdenwollens. Fast schäme ich mich hier über jemanden zu schreiben, den ich gar nicht kenne, aber wie gesagt, ich kenne „Wigwam".

Ich war mit Tausenden Menschen auf dem Zeppelinfeld und Tausende haben geschrien und geweint zu seinen Liedern und sind später Richter geworden und Waffenhersteller. Das ist Dylan, denn ich weiß: Er ist keinem böse. Sie haben ihn im Stich gelassen und in den Himmel gehoben. Sie haben über ihn geschrieben und geschimpft (ich habe schlimme Sachen über ihn gelesen in deutscher Sprache). Sie haben über ihn philosophiert, und sie haben ihn ausgelacht. Das ist Bob Dylan. Ich warte irgendwie auf den 18. Juli und hoffe, dass mir noch irgendetwas dazwischen kommt, das wichtiger ist als er in meinem Leben.

Er ist kein Gott oder Messias, er ist Dylan, und ich würde ihm gerne mal die Hand schütteln, weil ich glaube, dass er einen guten Händedruck hat. Egal wie es wird und was er sich für diesen Abend vornimmt, er wird „Wigwam" nicht spielen, auch nicht für mich.

Respekt, Herr Dylan.

BGD K 367

1. Schönlatern-
gasse
EN GROS, EN DETAIL
PARFUMERIE
LEBENSZENTRUM

LAVALLE
Reim in da Tube
Bitte wieder Schließen
TOMATENSALAT
GUMSCH
TRAILS OF FLOWALISTICS
fatigo
ZEITPLAN
MONKEY BOYS
WAZO MASIK!!!
HARDCORE

KAISER

Zeugnis

Ois war nu ganz normal heit fria
Sie ham nu gfrühstückt midanand
Heit is da letzte Schuidog
Morgn tanzns scho am Strand
Da Schuiback is heit so schee leicht
Er is bloß hoibat foi
De oanzign de lachan
San de Lehra in da Schui

Pünktlich hod de Glockn gleit
Da Schuihof is schee la
Mit am roudn Nylonseil
Steigt a auf den Bam
Der direkt vor dem Fenster steht
In dem sei Klass iaz sitzt
Wicklts um sein Hois
Und binds ganz om am Baumstamm fest

Do sitzt a iaz und Tränen
Laffan üba sei jungs Gsicht
Er denkt ans letzte Schuijoh
Bloß Ärga, Angst und Stress
3 Sechsa und 2 Fünfa
Sei Zeignis is scho druckt
Hod eam da Leahra gsogt
De ganze Klass hot glacht

A junga scheena Lehra war
Frisch von da Universität
Der söiba koane Kinda hod
Und a nia Kinda mecht
Der Kinda hasst weil`s Kinda san
Und weil's ned funktioniern
Er soi eana wos lerna
Aber sie woin nix kapiern

A Lehra wia des Land und
De Leit des nu regiern
Arrogant und zynisch
Nie füa was scheniern

Kindaseelenmörda
Hoch bezahlt und gschützt
Der schaut iaz zu dem Baum hi
Auf dem sei Schüla sitzt

Ganz langsam wia im Traum
Lasst a se foin und schautn o
De ganze Klass springt auf und schreit
Da Lehra steht bloß do
A kurza Kampf mim Doud
Er zuckt und wackelt hin und her
Oa Zeignis bleibt heit übrig
Er braucht koane Notn mehr

S Telefon klinglt um hoibe zwoa
De Polizei ruaft o
Bittschön kemmans schnöi vorbei
Sie und eana Mo
Wos Furchtbars is passiert
Mia wissen ned warum
Wartens ned auf eanan Buam
Er kimmt heit nimma hoam
Er kimmt nimma hoam
Er kimmt nie wieda hoam

He Lehra lassts eich sogn
Iha di so gscheit seits und so groß
An Sechsa kriagts in Menschlichkeit
Wos is bloß mit eich los
Und oan kriagts nu in Freundschaft
Und oan nu in Valass
Mit 2 Sechsa seits durchgfoin
Morgn sitzts scho auf da Strass

An Oansa kriagts in Kriacha
An Zwoara kriagts im Liagn
Und nu oan kriagts in Arroganz
Und Kindakreiz vabiagn
Und wenn's wirklich zu ois z'bläd seits
Dann denkts eich nix dabai
Irgendwann wird der Job
Von da Frau Holmeier frei.

Felix
Fix Foxi
Fury

pluesch

Tel. 027 55/ 430
MOBILES
MIET-WC

I hob a Hosn o a schwarze
Bloß meine Augn san nu blau
Aba des Weiße is grau
Meine Lippn san schmal
Steig i obe ins Tal
I woaß genau wost du wohnst
Da klopf i an die Dia dann wart i
Irgendwann macht oana auf
Zumindest der geht dann drauf
Do pass i ganz guad auf
Dass i ned da erste bin

Do geht de Dia auf a Schuß
Heit is koa Foischa dabei
Am richtign Ort zur richtign Zeit
Sie springan auf d Seitn koana langt hi
A jeda denkt se liaba er wie I

Und an dem Dog mach i koan Fehla
Do is koa Foischa dabei
Do heast koan lautn Schrei
Des mach i ganz alloa
Bloß zwoa Augn schaun do zua
Wiara zammbricht im Flur
Und wenn a langsam s schnaufa aufheat
Und da Bodn farbt se rot
Da klassische Tod
Füa an Varätta wia di
So kurz vor deim Sieg
Stirbst ned umsonst

aus: Do geht de Dia auf

Mei guada Freind

Du warst doch gestern nu bei mir
I spüa dei Hand nu warm und stark
Und deine Augn de ned vorbeischaun an de mein
Da Somma hod mei Haus valassn
A koida Luftzug hoit mi fest
Und meine Kinda trauan um an guadn Freind

A du woitst ned im Somma sterm
Da Winta war nu ned ganz vorbei
A tränenreicha Abschied
In a tränenreichn Zeit

Die Seele hod iha Freiheit kriagt
Und i bin eingsperrt auf dea Wöid
Aba den Plotz neba dia den hoitst füa mi frei

Du warst doch gestan erst nu bei mia
Dei Stui steht do wia wenn a wart
Dasst wieda zruck kimmst
und di zuaba sitzt zu mia
dei Lacha geistat durch mei Haus
i wer dei Bett ned frisch beziagn
in dem i schlaf
so das i morgn nu nach dia riach

I mach heit olle Fensta auf
Und ganz egal wannst kommst
Nix soi dein Weg vasperrn du bist
Bei mia oiwei gern gsegn

Du warst doch gestern nu bei mia
Und unsa Abschied war so kurz
Dass i gorned glaub das des füa imma war
Vielleicht werst grod wo anders braucht
Vielleicht gehst a bloß voraus
Vielleicht bin i scho ganga
Und tram heit mein letztn Traum.

Warst so a guada Freind von mia
Hob eh so wenig ghabt
Wos bleibt san meine Tränen
Wenn mi de Einsamkeit umarmt.

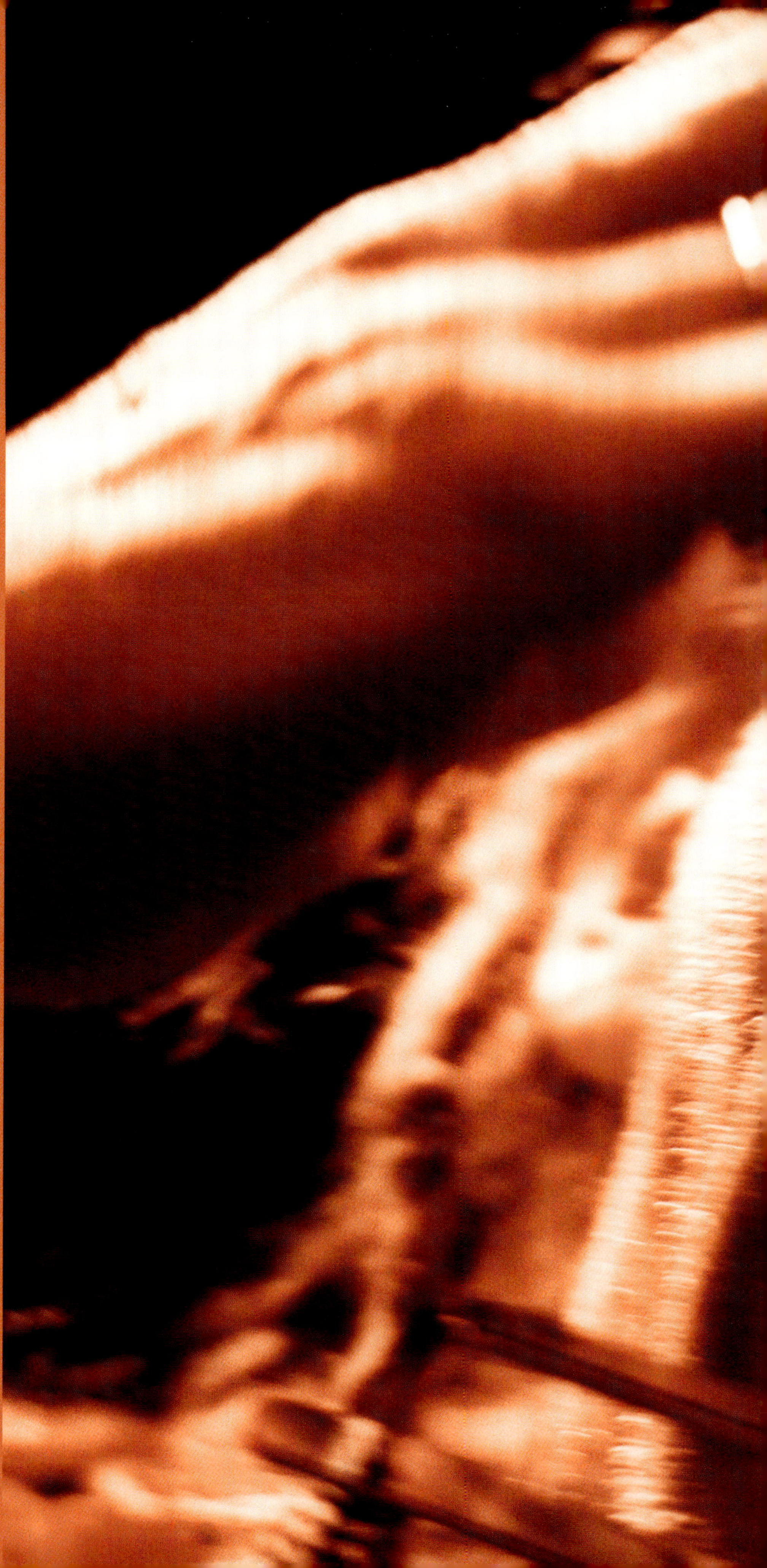

Ich sing fürs Volk

Ich sing übers Volk im Volk.

Im Grunde genommen bin ich einer der es verstanden hat, von Anfang an über meine Musik und meine Texte Leute kennen zu lernen, die ich sonst niemals in meinem ganzen Leben kennen gelernt hätte. Vorgegeben war mir, dass ich mit 15 Jahren ins Arbeitsleben einsteige und Koch lerne und das war meine ganze Welt. Jetzt bin ich ein Volkssänger, ich mach das, was immer schon gemacht wurde. Die Alten sind auch immer schon herumgereist und haben Nachrichten übermittelt.

Woody Guthry hat was erfahren von irgendwelchen Feldarbeitern in Pensylvania und ist nach Chicago mit dem Zug gefahren und hat denen erzählt, was er in Pensylvania erlebt hat und hat gesagt „*Hey da müsst ihr was machen die da Drüben machen auch was*" und so ist dann der Widerstand im ganzen Land entstanden. Wenn ich mich heute einreihen darf bei Johnny Cash

als Folksänger, oder bei Marley, der für mich auch ein Folksänger war, dann bin ich stolz darauf, dabei zu sein. Ich hab halt eine kleine Plattform, die aber auch groß ist, wenn du sie von meiner Perspektive siehst, ich bin ein kleiner Reichenhaller und bin heute in Berlin und heut Abend kommen Leute, die sich anhören, was ein Reichenhaller erzählt, Nachrichten, die sie noch nicht wissen, weil sie gestern nicht in Hamburg waren. Ich bin gerne ein Volkssänger.

Ein Song ist wie ein Haus. Er hat Fenster und Kellertreppen und du bekommst in vier oder sechs Strophen zum Teil mein ganzes Leben mit. Ich bin wie ein Architekt und dann plane ich ein Haus, das heißt „Der Nordwind“ und ich fang an mit zwei Zeilen und dann kommt da noch eine Mauer hin, und da ein Fenster und so bau ich den Song, dass er zum Schluss ein fertiges Gebilde ist. Und wenn du nicht aufpasst, verstehst du das ganze Lied nicht, wenn du nicht über die Haustüre kommst, bekommst du nicht mit, wer da drin wohnt.

Während ich ein Lied schreibe, entscheide ich, ob es eine Ballade wird, oder Blues, oder Reggae oder was auch immer. Aber vor allem habe ich irgendwann entschieden, dass ich Söllner mache.

Ich bin ein sehr unspontaner Liederschreiber, ich brauch immer sehr lange Zeit bis ich was in meinem Kopf verarbeitet habe. Ich bin nicht wie die Biermösl Blosn, gestern war was und heute singen wir drüber – das kann ich nicht. Ich muss die Sachen in mir wirken lassen – irgendwann stellt sich raus, ob das für mich wichtig oder unwichtig war dann schreib ich über das, was für mich wichtig war. Im Endeffekt entscheidet das drüber, wie meine Lieder sind. Dass ich Ich selbst bin – das ist das Erstrebenswerteste überhaupt für jemanden der Lieder macht, oder der Bilder malt, dass Du einfach irgendwann als das verstanden wirst, was du bist.

Früher habe ich versucht, meinem großen Meister Marley nachzueifern, bis ich gemerkt habe, meine Herkunft ist immer noch Bayern und ich kann einen Zwiefachen immer noch besser spielen als einen Reggae-Rhythmus. Aus dieser meiner Loslösung von Marley ist das entstanden, was ich jetzt mache. Ich mache das, was aus mir rauskommt, Söllner, und so klingt das jetzt.

Ich habe entdeckt, dass es in mir eigene Worte für Zärtlichkeit, für Schönheit, für Natur, für Frauen und für Kinder gibt. Jetzt ist mein Sound da, die Leute erkennen ihn.

Ich glaube, dass Reggae alles ist, nicht nur eine Musikrichtung, sondern ein Lebensgefühl – selbst „A Drecksau is a Drecksau“ ist für mich Reggae, weil es so nah an mir dran ist, das ist wie ein Glaubensbekenntnis – ich mach keine deutschen Kirchenlieder – ich mache einfach meine eigenen Kirchenlieder und das ist dann eben mal so und mal so. Genau wie Gott ist, mal so und mal so, sonst hätte er uns nicht gemacht – weil wir ja auch so und so sind. Ich hab einfach erkannt, wenn ich mich so lasse, wie ich bin, hab ich den meisten Wert davon.

Das ganze Lied ist eine Botschaft, egal was Du da drin hörst, egal was ich da drin singe, es ist immer eine Botschaft wie es mir geht, was sie mit mir gemacht haben, was ich selbst mit mir gemacht habe, was ich denke, was ich über andere denke – meine Lieder sind ein Transportieren meiner Gefühle. Trotzdem kann ich in Zeiten in denen es mir gut geht sehr wohl Lieder aus einer schlechten Zeit von mir singen, weil ich mich noch gut erinnern kann.

I hab mi ze spann in a Kana
die so bistis da a Kopf (zäga wei ... ganz so schwarz)
i woas de Todesstrahl ...

t i Vapan an weit ...
i geh de orfrad ze ~~legan~~ Lebi
150 Dg alla va gem
das ... ... hint
~~aa ...~~ a geboL ~~die ...~~ ... gsessen ...
das ... ande ... dowad eid Dog
~~Dg ... ...~~

~~I hab am Dresen Dog~~

Um feist is hei wies ...
... i da wird
... ... Jza, ... Agen
... ... Hoor ... de Händ
... ... wies Kommst ... ...
~~... i ... i ... ...~~
~~es ist~~ ned sehr ... ...

CAMEL

I heb di hoch in Himme nauf und i woaß
I hob heit do de ganze Wöit im Arm
Do laß i di ned obafoin, i hea di Lacha
und i woaß a so wia du
so lacht de ganze Wöit
Und deine Tränen laffan ganz umsonst
Übas Gsicht und i schmeck
Des Soiz auf deiner Haut
I spüa de Kraft wias wachst und i, i, i
I wird a Teil von iha

I sig a Grea und sie sogn des is d Hoffnung
Aba es gibt koa Hoffnung meha
A Rot so rot wia Bluad
Und roud werd oiwei mea
I sig a Göib und sie sogn des is d Sonn
Und de scheint irgendwo auf deara Wöit
Und im Schwarz konnst di vastecka.

aus: I sig a Grea

Das Universum

Ich gehe davon aus, dass mein Körper, also der Restmüll von mir, vergänglich ist. Ich glaube, dass alle Lebewesen die es gibt auf dieser Welt, eine Seele haben. Eigentlich sind wir nur ein Transportmittel für unsere Seele von diesem zum nächsten Leben. Ich weiß nicht, wie viele Leben meine Seele noch leben muss, bis sie ankommt. Ich glaube, dass die Seele nur einen Wunsch hat, nämlich den, dass sie ans Ziel kommt. Und ich hab nur einen Wunsch, dass ich so gut wie möglich lebe. Ich bin nichts anderes als ein Wagon in einem langen Zug, auf den meine Seele aufgesprungen ist und auch sie weiß noch nicht, wie lange sie da bleiben muss. Ich weiß auch nicht, ob die Seele dann fertig ist und ihr Ziel erreicht hat. Ich werde selbst gar nichts davon haben, aber ich schau, dass ich mir die Zeit, in der die Seele mit mir unterwegs ist, so gut wie möglich mache. Da gehört für mich Entwicklung dazu, Reichtum, Armut usw. da gehört alles dazu. Und dass ich mit Milliarden Lebewesen auf dieser Welt leben kann.

Die Energie, die ich jetzt habe, ist einfach mein Glauben, das ist meine Religion, das ist mein Gott. Das ist mein Universum, mein eigenes Universum, an das ich glaube. Ich glaube ans Universum, weil ich weiß, dass es vor uns da war, wir sind nach ihm gekommen. Ich hab mein eigenes Universum in mir und an das glaube ich einfach.

Ich bin ein Perpetuum Mobile, weil ich mich immer wieder mit der Energie versorge, die mir mein Universum gibt und dann schau ich, dass ich diesen Apparat, der ich bin, mit guten Materialien am laufen halte. Manche Menschen gehen mit ihren Autos besser um als mit sich. Aber wenn bei dir nichts mehr geht, kostet es dich dein Leben.

Ich bekomme meine Energien aus dem Universum, aus dem sie jeder bekommt. Aber ich nehme sie wahr und nehme sie gerne an. Es steht mir als Mensch auf dieser Erde zu, dass es mir gut geht, es steht mir zu, artgerecht zu leben und das ist ein ganz wichtiger Aspekt.

Anscheinend treffe ich den Nerv von vielen Menschen und anscheinend bin ich für viele ein Teil von ihrem Universum, das ihnen ein wenig Power gibt. Die sehen da eine Person (einen kleinen Arbeiter aus Bad Reichenhall) die da sitzt und ein Interview gibt und sie möchten das auch gerne und in dem Moment, wo du sagst, das hättest du auch gerne, hast du ja schon Energie – und dann kannst du dich entscheiden ob du wie immer weitermachst, weil dir eine Änderung deines Lebens zu gefährlich ist oder zu viel Anstrengung, oder ob du was ändern willst in deinem Leben.

Mich unterscheidet nichts von anderen, ich bin wie alle, vielleicht mit dem einzigen Unterschied, dass ich über mich selbst gut Bescheid weiß, und dass ich die Gabe habe, darüber öffentlich zu reden und dann Menschen treffe, die das nicht können, die dann mir gerne zuhören und sagen: Ja, mir geht es genauso. Und dann weinen sie auf meinen Konzerten, sie lachen auf meinen Konzerten, sie tanzen auch mal und sie denken, ja, wenn der das macht, kann ich das ja auch. Das heißt nicht, dass sie morgen alles ändern, aber nur der kurze Blick in ein anderes Universum ist ja oft schon Antrieb nicht heute oder morgen, sondern irgendwann einmal in ihrem Leben. Das ist ein Same den ich setze, ich tu nichts anderes als da draußen Samen zu verteilen und jedem gebe ich einen mit heim. Es kann sein, dass ihn der eine ins Klo spült und der andere bewahrt ihn auf und wartet auf die Gelegenheit ihn einzusetzen und keimen zu lassen. Ich bin nichts anderes als ein universeller Gärtner, der rausgeht und zu den Leuten sagt, so oder so kann es auch laufen – so läuft es bei mir, so fühl ich mich wohl, das heißt nicht, dass du dich so wohl fühlst, aber ich gebe dir jetzt mal mit, wie ich das mache, und dann kannst du damit machen was Du magst.

Das ist das Schöne an meiner Situation, im Grunde genommen rufe ich niemanden zu irgendwas auf. Die Leute entscheiden selbst, ob sie es wollen oder nicht. Denn das geht den Menschen ab, diese Selbstentscheidung, dieses Ich will das jetzt. Aber vor allem mag ich anerkennen, dass wir nicht alle gleich sind – das ist die Vielfalt an die ich glaube.

to be WILD!

I hob an Gartn gsegn mit Kinda
Bunte Bleamen scheene Fraun
Koane Tränen in eanene Gsichta
Neamt hot gschimpft und neamt hot ghaut
I hob a Haus gsegn voi mit Sonn
Und i hob gfühlt dass dodrin irgendwer wen
liebt

I hob a Lacha gheat wia Hanf
Der se biagt im Sommawind
Kloane Gsichta hob i gstreichelt
Weiche Lippn hob i küsst
Und i hob eich gseng jeden Dog
Und iha habts gwusst dass i eich lieb

I hob eich oglangt ohne Angst
Und deine Worte hob i gheat
Koane Befehle und koa Zwang
I hob des gmacht
Weil des so gheat
Und wenn i d Augn zua mach dann tram i
Dass mi du wenigstens liebst

aus: I war im Paradies

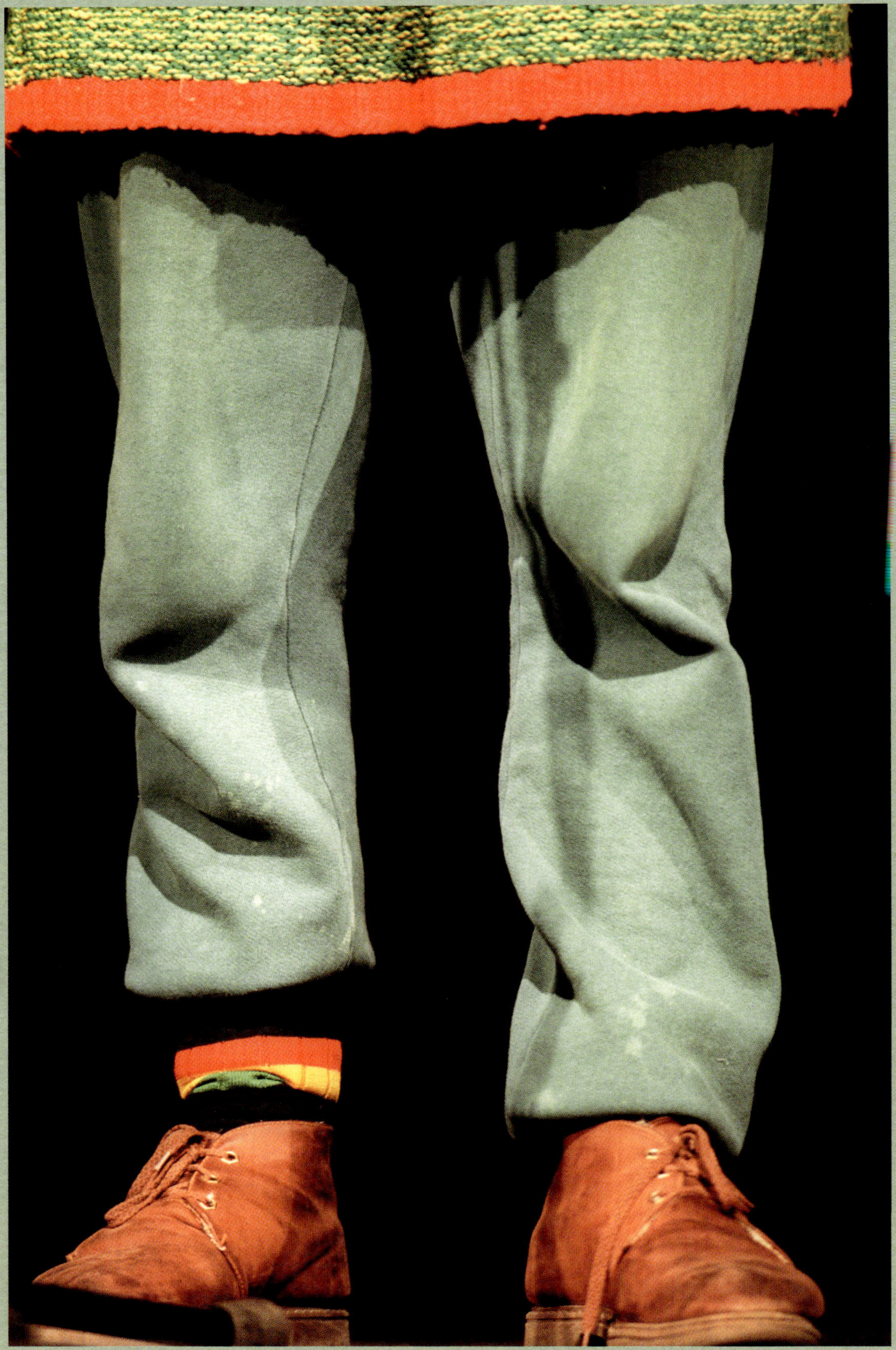

AFRIKA

So ganz genau werde ich auch nicht erklären können, woher meine Liebe und mein Respekt für die schwarze Hautfarbe kommt und meine Hoffnung, dass gerade dieser Kontinent endlich seinen verdienten Frieden bekommt. Egal, was immer sie aufzuarbeiten haben und wir ihnen schulden, ich und die Generation nach mir, wir werden nicht freigesprochen werden können, wenn wir nicht auch unseren Teil dazu beitragen, dass Afrika überlebt.

Als ich etwa 10 Jahre alt war, musste mein Vater, der als Walzen- und Baggerführer arbeitete, für 6 Monate nach Afrika, um über den Lova Wolta eine Brücke zu bauen. Ich habe mir keinen seiner Briefe aufgehoben, aber ich sehe sie noch vor mir und rieche ihren Inhalt. Sie waren farbig, fremd und voller Märchengeschichten von Riesenschlangen und von Schmetterlingen so groß wie zwei Männerhände. Und als er zurückkam mit all den schönen, bis dahin nie gesehenen und geglaubten Sachen, waren wir einfach nur noch fasziniert von diesem Land und den Geschichten, die er uns erzählte. Ich hüte heute noch ein paar Dinge, unter anderem ein Fotoalbum und träume meinen damaligen Traum. Einmal nach Afrika zu gehen um meine Brüder und Schwestern zu besuchen, denn dorthin gehöre ich einfach, trotz meiner starken Bindung an dieses Land, in dem ich gerade lebe. Mitten in der Nacht bin ich aufgestanden und mir wurde wieder bewusst, dass ich Afrikaner bin. Egal was immer die Menschen um mich herum sagten, ob sie mich belachten oder nur den Kopf schüttelten, ich war Afrikaner – mit dem einzigen und schlimmsten Makel den einer wie ich haben konnte – mit weißer Hautfarbe. Ich träumte davon, dass diese ganze Welt Afrika war und es keine andere Hautfarbe gab, außer dieser schwarzen eben und dass die Sonne gelb auf das grüne Gras schien, das vom Rot des vergossenen Blutes glänzte. **Afrika / Träume / Freiheit / Zusammen**. Gott sah auf diese Erde und sagte: Es ist gut wie es ist, doch der Teufel lachte und erfand: **Weiß / Hunger / Trauer / Tod**.

Ich sah meinen Vater in meiner Jugend nur am Wochenende, und obwohl ich in meiner Jugend kein besonderes Verhältnis zu ihm hatte, so hat mich gerade diese Reise von ihm nach Afrika besonders geprägt und ihm näher gebracht. Als er nach dieser Zeit zurückkam mit all diesen fremden Dingen (Trommeln, Felle, Schmuck und Schnitzereien) und vor allem mit diesem sonderbaren Ausdruck in seinen Augen, wusste ich, dass er etwas Besonderes gesehen und erlebt hatte. Ich habe ihn nie viel erzählen hören von seiner Reise, aber er war seit dem ein Anderer. Er war offener und freier, obwohl er nie die Kraft hatte, diese Offenheit und Freiheit wirklich zu leben. Ich aber glaube, dass es gerade diese von ihm nicht gelebte Offenheit und Freiheit war, warum ich es zu meinem Lebensziel machte, diese Freiheit zu leben. Ein Leben ohne Einschränkungen, egal welcher Hautfarbe und welcher Religion jemand angehört. Offen und frei.

Ich wünsche mir von ganzem Herzen, dass der schwarze Kontinent uns Weiße diese Offenheit und Freiheit lehrt, zu der wir nicht fähig sind und dass sich die damit verbundene Arroganz, und der Glaube, wir seien die Herrscherrasse, in Nichts auflöst; nicht durch niedere Gefühle wie Neid, Hass und Krieg, sondern durch Stolz, Charakter und Respekt, eben durch all die Dinge, die den Menschen erst zum Menschen machen. Ich weine um all das vergossene Blut meiner Brüder und Schwestern, das so sinnlos in Uneinigkeit vergossen wurde, die die Weißen eben erst zu diesen Herrschern machte, wie sie sich immer dann einig waren, wenn es um Unterdrückung und Diebstahl ging. Ihr Vorteil war und ist es, dass sie diese Uneinigkeit bei anderen erkennen und ihren eigenen Vorteil daraus schlagen.

Vielleicht schaffe ich es einmal, nach Afrika zu kommen und meine Träume enden an diesem Tag durch all das Erhoffte und doch nicht Erfüllte. Enden aber wird niemals mein Kampf für: **Afrika / Träume / Freiheit / Zusammen** und im Kampf gegen: **Weiß / Hunger / Trauer / Tod**.

Negerfrauen
mit Kind

Im Negerdorf

Neugeborenes
1/2 Stunde alt

Negerhütte

Mahlzeit

Negerin

Jng. Urwald Bewohner

Junge Negerinnen

jas

Do wo de Sonn aufgeht
und wo de Berg s ganze Johr weiss san
Do wo da Bergahorn im Herbst
Grea göib rot sei Gwand valiert
Do wo de grossn und de kloana Leit
Nu um oan Disch sitzn und lachan
Do wo de Oidn eana Zimma kriagn zum Sterm
Do hob is troffa und ihr Lacha war
Wia a Seele de ned hoam find
Do ho is grocha
und ihr Duft hot an Plotz kriagt in meim Kopf
Do hob i gheat wos sogt
und werd meiner Lebdog ned vagessn
Wiara se ogfühlt hod da erste Kuss von iha

Wo zu de Lausbuam ausm Dorf heit meine Kinda a ghean
Und meine guadn Freind von damois
heit de bösn Nachbarn san
Do wo im Kramalodn de Kramerin
D Leit olle nu beim Nam nennt
Do wo i oiwei nu da Söinei bin
Ja do bin i dahoam
Do is iha Kopf an meina Schuita glegn
Und so gleichmässig iha atmen
Do hob is erste moi ned na gsogt
Und iha Liebe hot mei Lem bedroht
Do hob i gheat wos zu mia sogt
Ud wer meiner Lebdog ned vagessn
Wiara se ogfühlt hod da erste Kuss von iha

aus: Do hob is troffa

Du host gern glaubt an schöne Lügn und des Wissen
War ned deins und du host gspührt das wos ned stimmt
So host de bestn Chancen hergschenkt und verbissn
Host vasuacht dast du de Schuid am andan gibst
Glang di einfach numoi a spüa deine Schmerzn
Spüa die Sehnsucht des Verlangen und des Glück
Laß deine Tränen ned vatrocknen laß di küssn
Nur da Nordwind derf da sogn wos Unglück is

Schreis in deiner Sprach und schreis in deine Worte
Ziag die Arbatshosn o s gibt wos zum doa
Stöi di hi an d Strass und sogs dem der di mit nimmt
Unrecht is Unrecht egal wia groß egal wia kloa
Mord is Mord egal wia schee egal wia grausig
Hass bleibt Hass egal wia oid egal wia frisch
Sog am Nordwind er sois heit nu zu ihr schicka
Lass deine Tränen einfach laffa wenn's di küsst.

aus: Nordwind

Bloß a Lächln is bliem
Ois Erinnerung an di
Auf da Flucht hams die obknoit
Auf dem Weg ohne Ziel
Gorned gschaut hams obst dout bist
Vielleicht gehst gar koam ob
Wos die eigrom ham hod ma
Bis heit nu koana gsogt

Lass dei Bluad do vasickan
Wost liegst hoit di staad
Zoag dei Angst ned deim Feind
Der bloß sei Freid damit hod
Bunte Bleamen wern wachsn
Ganze Föida voi Mohn
Ned dei Göid werd die rettn
Ja dasticka werst dro.

aus: Freiheit muass weh doa

Wir sollten wieder mehr auf die Langsamen warten.

Alles muss sich entwickeln, ich kann nicht irgendwo einen Samen reinstecken und hoffen, dass er sich so entwickelt wie ich das möchte – das ist Plantagenwirtschaft. Im Grunde genommen findet in unserer Gesellschaft eine Plantagenwirtschaft statt – alle sollten möglichst gleich aufwachsen, möglichst dasselbe denken, möglichst gerade dastehen, das studieren, was wir gerade brauchen. Das ist für mich Plantagenwirtschaft.

Das funktioniert nicht beim Menschen – jeder entwickelt sich individuell – die Elternhäuser sind nicht gleich, das Umfeld nicht und der Mensch auch nicht.

Ich bekomme einen wütenden Blick auf die Welt, wenn es um unsere Kinder geht. Ich habe 50 Jahre gebraucht, hab mich entwickelt zu dem, der ich heute bin. Ich kann von meinem 14jährigen Sohn nicht erwarten, dass er schon weiß, was ich mit 27 oder 47 gewusst habe. Er braucht auch noch seine 30 Jahre, bis er da ist, wo ich heute bin. Die Zeit gebe ich ihm.

Die Jugendlichen heute haben es nicht schwerer wie vor 30 Jahren – die Zeit in der du als Jugendlicher lebst ist immer schwer.

Die Jugend wird sich entwickeln, aber wir müssen ihr die Zeit dazu lassen.

Die Jugend lechzt danach, zusammen zu sitzen, sie wollen sich nicht bekriegen, sie wollen keine Konkurrenz.

Wenn ich ihnen das Gefühl gebe, dass sie Zeit haben sich zu entwickeln, ist das sicher mit ein Grund, dass sie zu mir kommen, gerade weil ich 50 bin und weil ich trotzdem ihre Sorgen verstehe.

Da heißt es immer, du musst erwachsen werden, ich sehe, was das bedeutet, du kannst wachsen und wachsen und irgendwann zerplatzt du. Ich will nicht platzen, ich will weitergehen und mich weiterentwickeln.

Ich hab einen Lebenstraum – dass wir uns irgendwann mal alle zusammensetzen und einen Plan machen. Dass wir erkennen, dass es so nicht weitergehen kann, und dass wir sagen, Freiheit kann es nicht geben, wenn nur Verbote ausgesprochen werden. Es kann sich kein Mensch entwickeln, wenn er nur unterdrückt wird.

Mein Traum ist der, dass man jedem Lebewesen seine Zeit zugesteht, seine Zeit sich zu entwickeln, von der Geburt bis zum Tod, dass selbst der Tod ein Teil der Entwicklung sein muss, dass wir das lernen und dass wir das wissen.

Mein Traum besteht darin, dass wir uns hinsetzen und auf die Langsamen warten. Dass wir ihnen nicht davonlaufen, du kannst auf Dauer nicht nur laufen, irgendwann geht dir mal die Puste aus und dann sind die, die langsamer waren im Vorteil, sie haben sich nicht verausgabt und irgendwann werden sie dich überrennen und ich will mich nicht überrennen lassen. Ich will mich lieber bei den Langsamen einreihen und mit ihnen langsam fortschreiten, ich werde eben älter und werde vielleicht gescheiter und ich mach auch immer wieder Fehler, aber die kann ich mir verzeihen, denn das sind meine Fehler, die richten die Menschheit nicht zugrunde.

Ich warte auf meine Kinder, ich warte auf meine Frau, ich warte gerne. Ich bin froh, dass ich da reinpasse, in den Raum in dem ich lebe und das ist eine Supervoraussetzung alt zu werden.

Ich bin ein Lebewesen und das entwickelt sich – Entwicklung kann nicht immer nur gut sein, ich muss dir deine Entwicklung lassen und die Freude daran, so wie du mir meine Entwicklung und meine Freude an meinem Weiterkommen lassen musst. Was auch immer ich aus meinem Leben mache, es ist meines. Solange ich dich nicht in deiner Lebensweise belaste oder einschränke ist alles o.k. Das beste Beispiel, was mich betrifft, ist das Verbot von Hanf.

Ich bin jeden Tag wieder überrascht, dass mich dieses Verbot immer weniger interessiert, weil es den Hanf einfach gibt. Das wäre ja so, wie wenn sie mir meine Sexualität verbieten, die es ja auch einfach gibt. Ich kann mich an das Verbot nicht halten. Ich hab Marihuana irgendwann kennengelernt und für mich entdeckt – das ist ein Teil meines Wesens.

Ich hab viele gute und schlechte Einflüsse darüber aufgenommen und hab das dann in mir verarbeitet und was dann zum Schluss rauskommt, das ist ein Teil meines Lebens.

Das ist ein Teil meines Lebens, dass ich immer noch Spaß an mir selber habe, Spaß an dem, was ich erlebe, Spaß mit Leuten zusammen zu sein, mit ihnen zu reden. Dass ich Dinge beobachte, das überdenke und vielleicht sage, das könnte auch so oder so sein.

Wenn du dich weiterentwickelst, gibst du gleichzeitig auch immer was her.

Es ist immer wieder schön, dass was Neues dazukommt, das ist Entwicklung, das ist ein einfaches Prinzip, du bekommst was und musst was hergeben.

Vor 30 Jahren hab ich Lieder geschrieben, da war ich 20. Vor 20 Jahren hab ich Lieder geschrieben da war ich 30 und jetzt sing ich Lieder, jetzt bin ich 50. Ich geh mit dem Tod anders um, weil ich damit konfrontiert wurde. Ich geh mit Erziehung anders um, weil ich jetzt Kinder habe. Ich glaube, dass ich mich weiterbewegt habe, es hat Bewegung stattgefunden, es hat Entwicklung stattgefunden. Ich hab immer noch die selbe Seele, die ich vor 50 Jahren hatte, die bei mir eingestiegen ist und gesagt hat, den nehm ich, mit dem mag ich heim. Ich bin ein Gast auf dieser Welt, ich hätte auch in deiner Familie sein können. Ich sag mir das nicht um überleben zu können, sondern weil ich wirklich dran glaube, daran glaube, dass es alles auch ganz anders hätte sein können, ich nehm es als Geschenk an, dass es so abgelaufen ist, wie es bei mir abgelaufen ist.

Machen Sie Spiel

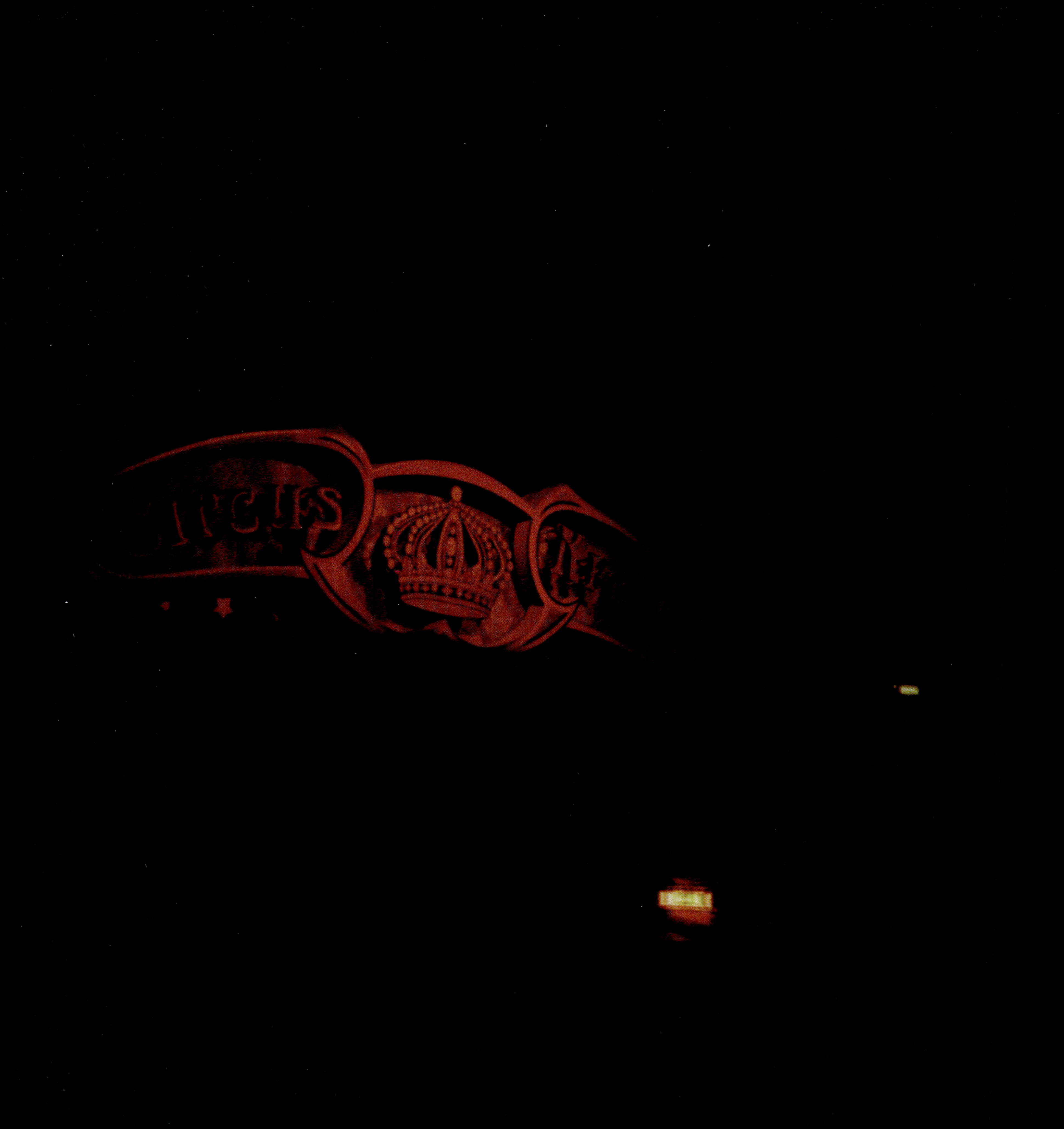

Saal
Eingang
5
GASTEINER
SAAL

Lukas Beck über Hans Söllner

Hans sitzt vor einer rustikalen Blumentapete im Hotel „Maria Theresia", versucht, sich unter seiner schwarzen Mütze zu verstecken, und posiert nicht, ist aber so stark, wie er scheu ist: einfach gut – eine Freude, ihn für das „Profil" zu porträtieren. Gleich danach, mein erstes Söllnerkonzert, beeindruckend viele Fans, ein großartiger Abend und hunderte glückliche Gesichter danach. So habe ich Hans Söllner kennen- und schätzengelernt.

In einem Dorfwirtshaus in Zurndorf hat Hans mich staunen lassen. Randvoll und rührend mit Rastafarben geschmückt, beherbergt der Saal klassisches Samstagspublikum, also auch randvoll. Zwanzig Wehrmänner stehen als Gruppe ganz hinten und wollen endlich Spaß. Auftritt, Gegröle. Söllner spart sich jeden Kommentar und singt gleich los, leise. Das geht lang, Lied für Lied, kein einziger lustiger Sager dazwischen, nur die ernsten, die besten seiner Texte trägt er vor. Die Stimmung kippt, aus ausgelassener Heiterkeit wird Konzentration, die Aggression weicht der Betroffenheit.

„Mit blaue Fiass und roude Augn und auf Entzug
hearst es vom Bruatkastn raus wochenlang bloss schrein
a kloana Bua wars gwen, drei Monat is er alt worn
und de drei Monat hod er bloss bettlt, gschrian und plärrt"

Erste Reihe Mitte: Zwischen den jungen Menschen ein alter Mann, der weint. Er schafft es in der Pause in die Garderobe, todkrank wollte er noch einmal Söllner sehen. Dann zweite Hälfte, Ruhe im Saal. Hans bedankt sich mit den Hits. Erlösung, der „Marihuanabaum" blüht im Saal. Glücklich singen alle mit. Begeisterung.

„Edeltraud, oh Edeltraud, du hosst ein sauguats Gras obaut"

Auf der Bühne ist er Meister, im Leben ständig auf der Suche. Da er immer alles hinterfragt, folgt der Euphorie oft die Ernüchterung. Spannend und anstrengend, nichts für faule Geister ist seine Gegenwart. Hans Söllner wächst mit dem Widerspruch, wer ihn ernst nimmt, kann ihm vieles entgegensetzen, ohne Gefahr zu laufen, verstoßen zu werden.

10 Jahre nach unserem ersten Fototermin im Vorstadthotel schenkt mir jede Begegnung mit Hans etwas Bleibendes, das über Lichtbilder hinausgeht.

Photoindex:

Textindex: